中国诗人

篁竹瑾

一著一

手指间的温凉

ZHI●
JIAN●
DE●
WEN●
LIANG●

北方联合出版传媒（集团）股份有限公司

春风文艺出版社

·沈　阳·

图书在版编目（CIP）数据

手指间的温凉／篁竹瑾著. —沈阳：春风文艺出版社，2018.8（2021.1重印）
（中国诗人）
ISBN 978－7－5313－5510－6

Ⅰ.①手… Ⅱ.①篁… Ⅲ.①诗集—中国—当代 Ⅳ.①I227

中国版本图书馆CIP数据核字（2018）第173255号

北方联合出版传媒（集团）股份有限公司
春风文艺出版社出版发行
http://www.chunfengwenyi.com
沈阳市和平区十一纬路25号　邮编：110003
永清县晔盛亚胶印有限公司印刷

责任编辑：韩　喆　　　　　　　　责任校对：陈　杰
装帧设计：琥珀视觉　　　　　　　幅面尺寸：125mm × 195mm
印　　张：5　　　　　　　　　　字　　数：95千字
版　　次：2018年8月第1版　　　印　　次：2021年1月第2次
书　　号：ISBN 978-7-5313-5510-6
定　　价：26.00元

总　序

　　中国是诗的国度。千百年来，人们沐浴在诗歌传统中，传诵着一代又一代诗人写就的经典之作。而伴随着现代社会和互联网的发展，信息的传播和接受更加便捷，诗歌的阅读与创作方式也在潜移默化中被改变，在信息量无限扩大的互联网世界，远离喧嚣、静赏诗意显得尤为珍贵。

　　中国诗歌网正是在这样的背景下应运而生。作为国家重点文化工程，中国诗歌网以建立"诗人家园，诗歌高地"为宗旨，迅速成为目前国内也是世界诗歌类互联网专业出版平台和中国诗坛最具权威性和影响力的文学阵地之一。

　　互联网时代诗歌创作的便捷激发了一大批诗歌爱好者与诗人的创作热情，他们在公交车上写诗，在工作间隙写诗，他们创作的诗歌作品贴近现实与生活，在追求好诗的道路上不断前进。春风文艺出版社有着久远的诗歌出版史，《朦胧诗选》和《汪国真诗词精选》曾一度畅销。近两年，春风文艺出版社一直致力于打造优质诗歌的品牌。本着推介中国当代诗人的原则，中国诗歌网与春风文艺出版社决定联合推荐出版"中国诗人"诗丛，共同打造"中国诗人"这一诗歌新品牌。该诗丛计划出版百部优秀诗集，在注重诗歌质量的同时，力求结合互联网与传统出版的优势，通过直观的文本呈现向读者介绍一批热爱诗歌、坚持诗歌创作的诗人，以期汇集中国当代诗歌优秀成果，展示当代诗人的创作实绩与创作风貌。

作为国家文化工程的中国诗歌网，推出"中国诗人"诗丛，也是在整个民族复兴的伟大进程中展示中国人崭新的精神风貌。因此，我们在百花齐放的诗坛，特别关注有家国情怀的厚重力作，提倡来自生活的独特发现，鼓励创新探索的艺术精品，推崇高雅纯真的诗情意趣。我们希望这套"中国诗人"丛书是体现诗坛正能量，能够引人向上、向善、向美的诗歌佳作。

我们满怀期待，我们也真诚希望广大诗人和诗歌爱好者关注这套诗丛，与诗同在，我们为此感到自豪和幸福。我们期待更多的诗人加入我们这套丛书，我们也期待这套丛书走进更多读者的心田！

叶延滨

2017 年中秋前夕于北京

序

指尖·长留岁月时光
——序篁竹瑾的诗集《手指间的温凉》

　　篁竹瑾的名字，早就熟悉。因为他是辽沈地区小有名气的热爱朗诵的年轻艺术家。真正与他结缘，是从拙作《浅淡清影·时节漫芬芳》由《文粹读书》微刊发表，需要配乐朗诵音频，我邀请他发声开始的。没想到，他愉快地答应了。时间，正值2018年1月，沈阳冬日寒冷，不见白雪皑皑的时节。

　　几天后，MP3音频发过来。聆听富有磁性的声音，他理解了我的文字内涵，演绎了我当时写作的心境。第一感觉，篁竹瑾是一个善于动情表达作品的后生。当然，还有一种期许，在心里有约了。

　　竹瑾是作家、诗人，还是看到他的照片、简介后才知道的。简直是洒脱倜傥，文如其人，声如其人了。

这期间，我在筹建"辽之河"微刊平台，需要主播团队，我邀请了他。

应该说，我们相识时间不长，却心有灵犀，仿佛多年的老朋友了。共同点：我们是同行，又都是把笔画很少的"人"字，写得那么认真、漂亮之人。

早春三月，竹瑾发来微信说："老师，三月份我出一部诗集，拜托你为我写一篇序。"

尽管存在两代人的距离，一个是晚霞炊烟袅袅时的太阳落西山，一个是早晨八九点钟冉冉升起的太阳，鉴于相同的对文学的一种执念精神，我没有理由拒绝竹瑾，愉快地答应了："没有问题。"

就这样，我荣幸地获得了一个机会，先于大家一步，拜读诗人——篁竹瑾这部诗集《手指间的温凉》。

阅读一部用心血成就的诗集，需要时间的积累。从字里行间，理解诗人当时的心境、处境、意境，才会触摸到诗人的灵魂深处，在滚滚红尘中认识诗人，侃谈一下自己的感悟（谈不上评语）。

几天来，抽空陆陆续续地生活在竹瑾的诗集里，分享他的生活、真情实感的流露，分享诗人用诗歌的形式，展现生活中的艺术之美。

《匆匆》的文字，是诗人对岁月流年的一次宣泄，他发现日子过得太快了。短短几行，如行云流水，没有呻吟，忧伤出一首美丽的歌：

一场梦在一阵风里 / 匆匆忙忙 / 一个人坠入一颗心 / 摔成忧伤 / 一辈子从此又丢掉了 / 几分之几 / 一轮月如今又掉落了 / 几许时光

读到一轮月，那不是大诗人苏轼笔下的"明月几时有，把酒问青天"的名句吗？多少相思与离别，通过月光传达一种交流信息。年轮的每一段故事，不都是在一天天地延伸。诗言情，诗言志，或许就是诗人的一种精神生活的寄托。

诗人对自己脚下生活的土地的眷恋，在诗集里随处可见。比如《我爱沈阳》：

……我爱午后平静的时光 / 和阳光里懒散的猫咪 / 也爱轻声细语里 / 那一串串迷人的乡音 / 我爱一片清雅如墨的浑河暮色 / 和牵手漫步在黄昏里的情侣 / 也爱那两代帝王留下来的 / 历史沧桑，雕栏玉砌……

诗人在诗里尽情地描绘了他爱沈阳，引来众多的遐想。如：猫咪、乡音、浑河暮色、情侣、帝王……这些人与自然，地域式的标志，在人们岁月生活中，依旧相伴，跃然岁月记忆了。仿佛昨天浮现历史与现代相融，泼墨一幅古老的沈阳城——我的家，美丽的画卷。

说到家乡，竹瑾对《乡愁》更是情有独钟地崇拜。他不知读了多少遍脍炙人口的《乡愁》。

当他得知大诗人余光中离世，整个朋友圈刷屏，心海泛起了痛苦的波澜。他写了一篇怀念的诗文《别了·乡愁》，并用他的声音，情深深，意切切，做了深刻的解读。

如今 / 还何所谓乡愁 / 亲人的泪眼 / 成了停泊的渡口 / 邮票没了投递的方向 / 母亲已不在遥远的那头 / 是离去更是归途 / 下一站是黄泉的滩头 / 有母亲的地方就是江南 / 那里纵然没有潇潇烟雨 / 却是你灵魂的归宿 / 于是你便 / 从这个故乡到了那个故乡 / 留我们在你的诗句里 / 痛苦地回眸

竹瑾的诗，富有寓意，想象力在渡口、邮票、灵魂、母亲……祖国的胸怀，如花盛开。仿佛一幅幅画面，呈现山川、云水之间。诗人在此基础上，采用了两个故乡的写法，把怀念的文字，上升了一个高度，诠释了人间天堂。永恒的《乡愁》诗句，在诗人心中珍藏了多少年的剧情，回放了一次精彩的片段。

拜读竹瑾的诗集，给了我们一个信息：岁月悠悠，时光留声，成为诗集的主打品牌。比如：《爱在秋天》《人生》《再见，时光》《等你，在时光的路口》《那灿烂的年华岁月》……都是从不同视角、不同声音、不同版本，诠释了岁月带给我们的学问。

是的，时下诗歌不景气。诗人依旧固守诗歌城池，不忘初心。笔耕不辍，执着文学信仰，难能可贵。

正是在竹瑾的诗集里，我们看到了他的淳朴、善良、简单、浅淡的做人品质的一面。情系故乡，点赞博爱。我认为他的诗品就是人品，诗人生产出来的作品，首先是有筋骨的，诗行流淌着澎湃的血液。我看到了他的独到之处。在新诗百年发展探索的今天，诗人的诗仍能给我们特有的个性与风骚。

当然了，诗集还有"五个手指不齐"的不足，这都是大海一滴水了。诗人能够记录自己一个时期最真实的生活，就够了。应该给予鲜花和掌声，祝贺了。

2018年，正值狗年，我的思绪游离，搜索记忆，想用俄国作家契诃夫关于创作写下的一句名言，赠予诗人篁竹瑾:"世界上有大狗,也有小狗。大狗叫,小狗也叫。小狗不必因为有大狗的存在而感到惶恐,按照上帝赋予你们的声音大胆地叫吧!"

在人生岁月时光里,坚守文化自信。

共勉之。

才玉书:作家、影视编剧、诗人。

目　　录
CONTENTS

目　　录
CONTENTS

目　　录

目　录
CONTENTS

目　录
CONTENTS

目　　录
CONTENTS

目　录
CONTENTS

目　录
CONTENTS

目 录
CONTENTS

目　录
CONTENTS

你的泪光，我的河流

你的泪光，是我的河流
静静地流淌，这是梦一般的清幽
你火热的瞳孔照耀着我的心
我的心化作一叶思量的轻舟
默默地，在你的泪水里漂流
小小的白帆，是我寂寞的身影
那一片火红，是我心中的梦
我丢掉了你的指引
火红的天际和朱红的泪滴
这里变得冰冷了
一叶轻舟被一片冰冷的深蓝锁了
锁了好久好久
你的眼眸
不再火热，而你的泪依然在流
我是一叶轻舟
白帆是我寂寞的身影
我的生命，只因有你而浮动
你的泪光，是我的河流

那灿烂的年华岁月

岁月流转

转不出我们那些

曾经灿烂过的日子

任光阴再似飞箭般锋利

也穿不透我们那些

曾经有过的简单

把家庭作业相互调换

一起抄袭

自习课上小心翼翼地

嚼着新买的零食

我们相互成了

彼此的哨兵

那些用来调侃对方的

俏皮的话

说给许多人听

最后成了笑话的主题

其实这些并不算什么

只是一段青春里

顽皮的记忆

可是在那个青春的学生时代

这就是最大的情谊

从来未曾想过

当这些眼前的事都成了往昔

心里会有不同寻常的失落

然而此刻

你早已泪眼斑驳

我们都知道

时间无情地铰碎了

我们的青春

但是请一定要记住

那些完美的年华

终将是我们最灿烂的记忆

任凭时间的巨轮

将一切碾磨成泥

可她永远不会消失

甚至会在多年以后

绽放出奇异之花

那芳香将浸渍到时间之内

散播到时间之外

把那属于我们灿烂的青春

书写成人生最有价值的意义

2009年5月13日

你是我最眷念的求之不得

　——记一场梦

忽觉一盏琉璃杯，清凌凌地碎遍了夜晚

穿透千年的相望，终于看清了你的模样

你柔发千丈，挥洒漫天的苍茫

鬓旁修饰着，一朵清灵的月亮

你羞涩地从远方飘来

婉转地牵起我，说要接我

回传说里的温柔之乡

你说那里如多水的江南

却不见你摇船

凌波而行是你袅袅的步子

每走一步便绽开一朵莲花

你是这夜赐给我的宠幸

最好把夜晚越熬越长

否则黎明吹灭了夜色

你便又要远行……

我却终于忘记问你的芳名

之后你不曾来过，从此

梦变得空荡而寂寞，你成了

我最眷念的求之不得

2009年6月17日

亘古不变，那水，那情

——写给家乡沈阳浑河的诗

十里长堤翠柳缀

依稀梦寐

天上银河，地上沈水

日夜不息，有多少年岁

千百年的轮回，你用母亲般的脊背

筑起了沈阳这座堡垒

你慈祥而且善良

微风荡起细浪

是你在抚慰儿子的脊梁

默然流进泥土

是你在滋润生灵，哺育万物

你坚强而有力量

气势磅礴，排山倒海

无论什么也不能把你阻挡

你的美被无数人所神往

一花一树香，一河一土壤

归结于历史，还有谁人可想

滚滚红尘，吹尽了无数英雄的风流

而今，西风已去，还有几人憔悴？

滔滔江水，只能留给后人做无尽的张望

历史，谁可淹留？

当繁华的都市，疲累了人们的心

当耀眼的霓虹，麻痹了人们的眼

听

朗朗的星空下，浑河奏起了

陶醉灵魂的交响

淙淙的水声

仿佛绕成了月亮，洒下了柔光

不经意间，轻轻地

我合上了眼

满心欢喜地迎着夜半浑河上的风

任它穿行于我的每一缕发丝

那是一种快乐

我可以在这细腻的风中

体味到孩提时的温柔

像是母亲的手，抚摸着我的头

云起时看月影，日落时观水收

我的母亲，你到底还是那样地伟岸

不论你流了多久

我多想张开双臂去拥抱你

浑河，我慈祥的母亲

2009年7月3日

他们相信这些，我也一样

月光在寂静的夜晚

才显得洁白

雪花在初落的阳光里

才更加耀眼

有人喜欢月光，喜欢雪

说那是喧嚣的生活里

唯一的一点安宁

说这安宁可以洗去

呛鼻的尘烟

他们相信这些，我也一样

他们同样渴望看见星星

认同每一颗星星里

都摇晃着黎明

每个人都踩着苦难

跌跌撞撞地奔向任何一个

有光的地方

说那是燃烧的青春

可以沸腾生命

哪怕是在休息

也会有人从怀里掏出

月亮、雪花和星星

看这荒谬和光是如何发生反应

他们相信这些，我也一样

2010年1月24日

如　果

如果可以
我愿是一片云
飘浮在蓝天之下
依偎在阳光之中

如果可以
我愿是一缕风
轻弄少女的柔发
撩拨麦芽的芳香

如果可以
我愿是一剂相思
穿越迷离的黑夜
去愈合两地分割的伤疤
让所有的憧憬
去轻踏红叶
去寻找梦里的江南烟雨
飘飘摇摇，零零落落

朦胧中，是无数次的召唤

如果可以

我愿是一方沃土

轻轻掘开自己

把一切彷徨

静静埋葬

2010年10月17日

天　涯

在每一个梦里

我都留下过同一个命题

我们在世俗的界外

挽起一条条河水跳舞

面对一只只小鸟啁啾

跃过地平线追逐光芒的去处

我们浪迹天涯

同赏人间春色，共观世间繁华

你不情愿，我懂

你说那儿没有世俗的规矩

只适合我自己

你说我爱红尘以外的流浪

胜过爱你

可若你离开，那么我的前途未卜

未来就会变换成另一种样子存在

我不曾设想过

没有你的路会是怎样

然而，每当太阳升起

余梦的错觉还是会让我想你

想你是不是同我一起醒来

于是我知道，若你不在

你就是我这一生该去浪迹的天涯

2011年1月9日

琵 琶 语

明月楼

倚尽寒窗枕尽秋

红尘已退伊人瘦

空等白了头

暮色江天雨

雾霭茫茫别梦依旧

空留暗香残柳笛

芳草已萋萋

伊人醉

故人轻弹琵琶泪

玉帘声声碎

怎奈相思成瘾夜难寐

月光杯，憔悴饮，守空闺

曾经生死两相随

而今沉郁泪低垂

何时能见征人归

相思醉

闭目经殿紧锁眉

老来鸿雁无牵挂

飞书已成堆

雨纷飞

独赏鸳鸯同戏水

谁愿与我共娇媚

单影无人陪

胭脂媚

此生阅尽红尘累

不觉欲垂泪

一片冰心我在思念谁

秋无心，残月影，野蔷薇

洒洒明月寄相思

日暮桥头斜阳碎

望断秋水盼君回

流年美

曾经相与花林醉

忆梦千年永相随

烟雨徘徊

晓来霜林醉

漫漫征途英雄归

与君执手旧时路

桥头晚晖

执手相望渔家坞

桥头晚晖

2011 年 3 月 12 日

小 世 界

我无法改变

这样一个

令人作呕的小世界

扎根在恶臭的泥土里

用虚伪和势利

一桶桶浇灌长成

泥沼里黑蓝色的火苗

烹调起愤恨

喂饱一颗颗纯净的心

远方几朵白莲盛开

仍坚韧不屈地生活着

任凭暗黑的火焰

焦灼着雪白的肌肤

那就让它迅速地发酵吧

让丑恶去经营它

看它能捏造出一个怎样的世界

2011年11月12日

致 我 们

别那么悲观

不是每一缕风

都在撩拨你头顶的烦恼

没必要把心中所有无名的愁怨

都熔成一把锋利的尖刀四处乱砍

张开你的双臂吧

去拥抱你面前的一切

不论是重重心事

或是点滴情思

任凭深夜的冷风

徐徐吹起你的衣角

吹走天际的乌云

不再遮掩那羞涩的月光

别再去埋怨夜下的风寒

别去计较这月下的灯暗

闭上你的双眼

想象自己飞在云端

攫取太阳的力量

让每一寸土地

永恒发亮

2012 年 1 月 28 日

上元夜之梦

我仰望天之苍苍

拱手遥拜着月宫

像古庙高僧

在佛前诵经般虔诚

祈求月里的嫦娥

施舍给我一汪月光

把我苦闷的相思浸染

远方的我的小情人

我知道你还不认识我

当然我也不知道你的模样

你应该是和嫦娥一样美的

你是否也在月光里

幻想着我的形象

从不经意的某天晚上

走出各自的梦

邂逅在彼此的身旁

我们一定要是彼此想象的模样

一见钟情才不会太紧张

公 牛

——记西班牙斗牛

寒光冷艳，轰然一响掷地

冰凌凌的钢刃闯入死亡

只透出斑斑血痕，缓缓流淌

斗篷挥动着健硕的生命

如果那猩红是太阳的恩赐

又何必要在阳光的大地上

播种死亡

公牛！公牛！公牛！

瞋目裂眦的公牛

头上的犄角是它唯一的武装

尘埃飞布，在咸腥的空气里

留下铿锵的牛蹄

此生已不再有闲暇嚼草食料

斗牛舞曲是送行的悲歌

餐中刀叉是没有墓志铭的碑碣

如果没有了凛凛冰刃的荼毒

那些斗牛士根本算不上是斗士

如果没有了凛凛冰刃的荼毒

那公牛将是战无不胜的神兽

如果，如果，如果

…………

毫无意义的假设

是一杯美酒吗

还是离世前的一剂毒药

任凭白手帕再怎么纯净

那一颗颗炭黑的死心

又怎能被光洁得了

再去惺惺作态地

祈求上帝又何必呢

白手帕的挥舞者们

你们说上帝是仁慈的

难道上帝的仁慈就不该

滋润公牛的命运

我倒是要等等看

看未来生命的终站

上帝会为你们准备

什么样的祭礼

在我眼前似乎出现过

一池滚烫的热血

愤愤然吞噬着灵魂

2012年7月13日

麻　雀

轻轻地，几声啁啾

翻过玻璃窗

挤进我的耳朵

它们在窗外

在晨光的足畔间

它们飞去飞来

从窗檐飘落在窗台

又倏地挂满枝头

逃过嚣闹的汽笛

和鼎沸的人声

躲在自己安逸的世界里

唱歌、嬉闹、清理翅膀

2012年10月5日晨

冬的意象

林间奏起萧萧的舞曲

这是雪娘重回北国吧

她抖擞裙边，翩然一挥

山河大地便落得满眼凉意

凛冽寒光冰冻木叶凄凄

忽又拔剑出鞘

是想到残絮花间寻一剑快意

老叶枯丫胜得过秋风肃杀

可谁又撑得了你冷艳的剑气

飘飘，是落尽人间的琼花碎玉

叫谁也不信

那是你袖里暗器

此时你是快剑客，剑落群英

彼时或许

你正暗香盈袖，红梅堆砌

2012 年 11 月 16 日

诗 之 光

远方，许多人往

更远的地方摇着船

似乎这里纷乱的尘世

已无法再纠缠住他们

那里的夜晚没有可怕的风

那里的月更亮

花更香，人更暖

喜悦不会歇斯底里

悲伤也可以很美丽

那是一方神奇的沃土

从心灵的深渊里

有清寂的光芒遥散千里

不需世俗的灯火

就能点亮世界

2013 年 1 月 22 日

除 夕

熹微如昨日的晨光

夺帘外清冷的早风

吹醒梦里的少年人

敲响新年的钟声

钟声滔滔，悠悠

又回溯到几千年前

密林深处闯来非凡食客

太古的神兽传说

燃起祭祖的圣火

不灭的万家灯

和红彤彤的炮火

炸响千年的欢歌

歌声隆隆，惊起

殷周古器满载历史的惊涛

歌咏千年不败的长城战火

唱怕了上古的年兽

唤醒了沉睡的春色

一家老小品尝着团圆的佳肴

屠苏酒醉倒了数万笃病的细胞

万万千千的神器

万万千千的旧礼

历尽千千万万年风雨

到如今也只好捆在记忆里

标记成好笑的过去

古不懂今日的欢愉

今不解古时的庆贺

唯这爆竹声声

震破时间的结界

把旧曲谱了新歌

唱罢前朝千古一帝

再歌今日四方山河

炮火在子夜隆隆

欢声在天穹荡荡

2013年2月10日（农历正月初一）

三　月

东风还吹不醒沉睡的春天
桃花早炸开了三月的阳光
清明已踏遍了远方的草色
而东北却仍然零落着寒霜
指尖轻弹油墨晕开的暗香
去古韵里觅一处千年暖阳
再拈几朵花瓣去壶中烹茶
那香气翻寻着江南的芬芳
我于壶中江南呼唤着春天
催促迟到的脚步来我故乡
青青草色涂抹干枯的土地
依依暖风摇曳起春的时光

2013 年 4 月 8 日

乱　雨

这乱雨究竟来自哪里？

是莫测的九霄云外

还是常常激怒你的人间炮火

或者是太阳焦灼了某片江湖

把这蒸腾的水汽倾盆灌下

从烟雨蒙蒙到滂沱惊泻

也该停一停了！

何必从遥远的水泊飘落到檐头

又从檐头渗透回水泊？

乱叫的青蛙喜欢你

等你停一停

我便去问问它

问你究竟是个怎样的脾气

2013年7月1日

附记：

　　2013年6月30日清晨，我正于园中散步，忽觉阴云压来，骤然落雨，于是狼狈归家。初觉细雨微微，不久便停，哪料雷霆乍震，云雨愈加深沉，不分昼夜。直至 7 月 1 日夜，云开雨收，星稀月朗。夜深则稍显文思，故作此诗以记之。

杀 虫 记

从清晨的阳光中醒来，一往如昨
毫无思维地做着每天都做的事
没有情绪，不论好的坏的
直到它飞奔到我的屋子里
才撞破这颇为平静的早晨
于是，我变得难以捉摸
对着所有面对我的事物
产生了不可理喻的怀疑

那一刻开始
我不能让自己静下来，或是闭上眼
哪怕是思维停顿的瞬间
大脑都会再一次重复
那须臾之间的人虫搏斗
甚至夸张地把那条多腿的爬虫无限地放大
它溜了，它的意念毒痹了我的全身
毒素飞快地侵入大脑
感染了我的整条神经

2013年9月24日

旗　袍

或许是五千年的文明
揉炼而得的一衣锦绣
只微抱于娇柔之身
便尽显绰约的风姿
婉若游龙的体态
在斜阳轻罩的江南古桥边
更显得妩媚多娇

该是哪里来的画师
愿将这一世倾城的俊俏
揉饱在淡淡的水墨里
多染一丝妖娆

多情的诗人也耐不得寂寞
遥寄油纸伞半掩俏面
玲珑的高跟鞋步
轻盈地走进如绵的细雨
又投出悠悠的柔情诗韵
身着旗袍的女子
尽显东方女性之风韵

静若空谷幽兰，素淡典雅

动如春风袅袅，莲步生花

2013年12月5日

枕

宁静的深夜

犹如古潭止水

此刻，一枕如舟

破一汪夜色为星波

夜风遣送着闲愁

悠悠然，送我

去梦国

2014年1月1日

飘　云

窗外风吹鸟鸣，阳光和煦灿烂
云朵追逐着三月的暖意
恰如我不知你的去向
而痴痴地苦寻
我在街头驻足寻你
张望你可能走过的路
每个转身似乎都有
你淡淡的温度，我追去
风带走了我的体温
犹若你拒绝我时的坚定
我的心恰如天上的云
追逐着三月的暖意
感觉到你的存在
却始终碰不到你

2014 年

醉

脸颊在冷月的清光中

泛起红晕，酒香

醺慌了视线，叫笔直的归路

曲折成缥缈的云烟

天地都迷离得不见了踪迹

缭绕成梦，一枕为眠

2014年1月23日夜

三　行

回锋落笔，婉转成韵三行

子夜悄悄，枕边灯火，微照轻纱

送我一寐到天亮

　　　　　　　　　　2014年1月25日夜

远　近

我在云端的月里

你是月仙在人间的投影

你并没察觉

我在悄悄地看你

你走，我追寻着你的足迹

你停，我披一轮清寂在你心里

偶尔你会仰望

那时我在你眼中

你在我心里

可我常常遗憾

我心里的你很近

你眼中的我很远

…………

2014年1月28日

祝　福

——写给单恋

花开应有时，云卷且云舒

北国的霜雪渐融

南方的你尚可安好？

一切都有尽头，我的等待

是否也不会太久

一杯酒，敬你的影子

一杯酒，灌醉我的相思

灯深夜语长

没人听见我寂寞的心思

只有月亮是你我共望的

绕一指纤月如钩

接连南北之间的无际

洒一汪幸福去你心的扉页

你觉得乏味的祝愿

正是我最深的思念

2014年1月30日

你是我心里最柔软的地方

你知道你的自私吗

你霸占了我的全部心思

却只淡淡地说一声

只是太贪玩

可是我从此成了疯子

开始倾慕爱情

开始不在乎一切地苦等

一遍遍地品尝着

晚霞酿成的朝阳

又看着天边羞涩的红太阳

把地平线烧烫

如果能够牵起你的手

或把你拥在怀里

眼前面临的一切失落

将成为温暖

你的不理不睬，让我以为我学会了承受

让我内心能够碰到你的地方

柔软得像水一样

我竟然忘记了如何

泼洒磅礴的文字

连酒后的狂妄也消失了

你是我心里最柔软的地方

柔软到半点心疼

就足够让我在这世界上

消失得无影无踪

2014年1月31日

附:

　　爱是个微妙的存在,她是一种听不见的语言,是无论用多么美丽的文字也修饰不出的感觉。她来自一瞬间,突然的一下子心疼,你就已经坠入了深深的爱情的沼泽里,挣扎、窒息、淹没自己。

　　于是你将永远不再是你自己。你的思想是她的,你的灵魂是她的,你的一切都在她不自觉的掌控中。

　　她酒窝里盛满的一泓笑意,就足够你狂醉几个人生轮回。你会死心塌地地认定,眼前的她就是你的嫦娥。曾经难变的秉性,在她面前已经不堪一击。原来,在爱情里面,改变是如此轻易,轻易到一不小心,就卑微得没有了余地。

思　量

思量无穷极
寂寂两边生
一边锁在两眉间
一边系在心窝里

2014年2月18日夜

寂寞的时候

最寂寞的时候
是想你的时候

最想你的时候
是沉默的时候

最沉默的时候
是倾听你的时候

最好倾听你的时候
是世界深眠的时候

最是世界深眠的时候
是我等你的时候

最是我等你的时候
是我寂寞的时候

2014年3月3日

自 问

什么时候

我文字里的相思

可以从我变成我们

什么时候

你明媚的笑音

能够流淌在我枯燥的耳根

什么时候

我翻身的距离

可以从一枕孤寂

融入你暖人的体温

什么时候

你细腻的掌纹

能够印满我岁月的年轮

2014 年 5 月 26 日

鹊 桥 渡

金簪一挥，划破九天的清浅

把一整个深夜，付给了浊浪漫天

迢迢银汉，从东北向西南

滔滔巨浪，隔断有情人在两岸

从此

牵牛再牵不得织女的素手

织女亦难挽住牵牛的衣袖

两蹙愁眉，锁住凝思千重

默默无言两相望

纵然感天动地

却只换来一年一度的鹊桥相逢

寥落的相思

惹尽几千年的寂寞

凝泪成雨，惊泻滂沱

落遍凡尘，也勾起许多人间烟火

从瑟瑟的乐府到婉转的歌谣

从飞扬的唐诗到缠绵的宋词

都沾惹了鹊桥的相思

相思难熬，相思累

相思无奈，相思苦

莫听少游安慰词

何苦忍顾来时路

不如就随了喜鹊回凡俗

从此柔情似水，朝朝暮暮

2014年8月1日

度 过

我希望拥有一所

满是阳光的房子，坐在时光里

养狗、种花

酿酒、朗读

看见远处的秋风，疲倦地打扫着

落了一地的忧愁，竟没感觉到

一丝回忆的诱惑，随他去吧

所谓一生，能有多久

也许是多年以后，或者明天就是尽头

时光悄悄，默默远走

2014年10月5日

残　秋

冷月，在秋风里更加孤独

风摇晃着颓废的老树

避寒的蟋蟀溜进了屋子

苟延残喘，在命运的轮回里

挣扎使脆弱更加脆弱

秋风的低吟，碾过命运生命

填满了沉甸甸的哀愁

2014年11月1日夜

从此以后

繁华世间走一遍，太难堪

纷纷攘攘蹉跎岁月

阅尽人世的变迁

苦辣酸甜尽尝遍

这人生的匆匆数十年

就快到了终点

回忆里有许多画面

现在还是很想念

曾经被爱情所牵连

付出了一生情缘

最终还是孤孤单单

反正人生已无法左右

就大不了放手，忘记曾经所有

迈开脚步向前走，创造更多以后

从此以后，看不见我的忧愁

尽力挽留，一切身边的富有

不必忐忑地面对生活

才是我最终的所求

弦　月

弦月弯弯

像船

挽天边的云

做帆

念悠悠

成了相思的徐风

推我向远方行船

夜深深

该往何处才是归岸

匆匆向远

我寂寞的心思

无眠

2014 年 11 月 29 日夜

夜　思

常在夜里凝望天空的静蓝
看星星是如何眨眼
看月亮是如何摇曳黑暗
每颗星都闪烁着一段思念
在如水的深空里渐行渐远
我也想投一颗星往天上
看看能荡开涟漪几波
送我去多远的凝思里
寻觅安然

2014年11月30日夜

夜

夜深了

心心念念又动了柔情

缭绕的心思跌入夜空

踉跄而动

又不知何去何从

月色若河

清浅的波光如毂

一副动人的笑容

在月亮轻纱般的凉意里投出

梦沉静了

飞去飞来的心思

飘摇在半空

堕入满是柔情的深眸酿成的暖河

一抔红尘

吮吸着暖河的清澈

渐渐地醉死在

甜糯的酒窝

2014年12月2日夜

摇落的天星

——记一场雪

时间仿佛静止在这个冬夜

漫长的相思等不来春天

手表的指针不停地旋转

像推动着磨盘磨碎了岁月

仿佛是醒自一场千年的梦寐

仿佛昨天的一切都成了云烟

告诉我你是空中的哪一个

为什么只能凝望却不能抚摸

是不是也随着眼泪滴落心窝

在我心灵的荒原上流浪过

漫长的风雪早已迷失了我

看不见月色是如何漂泊

我记得你是繁星中的一颗

寻找你时却被雪花阻隔

只有你是我挥之不去的影子

在我寂寞的时候想起我

此刻我才懂得这风雪的狂热

是你把漫天的星辰摇落

2014年12月10日晨

梦 难 醒

梦里，总能见到
事实上触摸不到的你
因此，我常常听不清
闹钟的争吵
有你的梦，太难醒

2015年1月17日夜

等你，拥抱我

这夜晚洋溢着玫瑰的香气

街道里的情侣牵手走过

纵横的交通中

汹涌着爱情的清波

人们想当然地认为我是个诗人

好奇着我的爱情是什么样子的

我说:

"寂寞如我，相思蹉跎"

在无数个梦里

那时她已是我的情人

我们相互依偎着

享受着在一起的每时每刻

连呼吸都是轻轻的

似乎一切都是静止的

我仿佛看见了我的风华正茂

幻想的所有未来里

都有你的陪伴，在未来

夕阳向晚，我的暮年

要与你牵手回忆岁月

别在我的时光里轻轻地离去

剩下的人生我们一起走完好吗

别急着回答我

我还有一生的时间等你

我想要任性一次

非要等到你答应我

等你来拥抱

我的爱情，拥抱我

2015年2月14日夜

疗 伤

你的名字飞过我的心
撩拨起我久藏的忧郁
都说酒可以抹去伤痕
却怎么叫我疼得更甚
光阴多久，伤就多深
岁月多长，疤就多远
灯火昏黄，春夜微凉
伤得越深，越得醉得疯狂
月清如酒，独独醉我一人
默默地，疗伤

2015年3月21日夜

寂静的声音

连寂静也有声音

在我耳边吹着夜晚的清音

我想看看你的模样

睁开眼寻你而起

却被你用深夜

吞没了我的眼睛

2015年4月5日夜

爱的灰烬

爱情消磨了时间，而时间
让爱情燃烧成灰，挣扎中的
两三点星火，是心里残留的
勇气和不舍，还没来得及燃烧
就已被放凉

2015年5月20日夜

最　后

最后，一切都归于平静
岁月的冷光流成了河
被冲散的时光已没人记得
人睡了，灵魂却醒着
蹚过东去的岁月
寻觅着过往的你我

2015 年 6 月 21 日夜

我 们

我们忘记了窗外的喧嚣

躺在床上，关掉所有的灯

夜晚，无数的星星

爬满窗台，静静地闪烁着

我们欣赏着彼此

快乐和忧伤的色彩

从春天到冬天

从相爱到死亡

2015年7月15日夜

一个人的世界

世界这么多角落

哪一个才是你停留的地方

我对你说的情话

飘摇在空气中

山听得见，河听得见

云听得见，雨听得见

可是何时才能钻进你的耳朵

自认为我很聪明

我知道晴朗的天空也会下雨

奔放的花朵也可能开得忧郁

在镜子里也会看到不一样的自己

开心的笑声也会伴着泪滴

我能知道一切的是是非非

却永远不知道你在哪里

迎风嗅着你的气息前行

路途好远，岔路太多

不知道你的方向

不知道该如何选择

渐渐地，心乱了方寸

我开始狂躁地四处乱撞

忽然，我摔倒了

摔向了落寞的红尘

周围腾起的尘埃

淹没了太阳，淹没了我

世界很静，脉搏好轻

一个人足够听见

整个世界

2015年8月6日

错　觉

时间停留在某个地方原来只是一瞬间

在多久之前，你已失去了感觉

当我出现在街角回眸着你曾经温暖的脸

却看不见与你有关的一切

我以为你懂我，我知道我爱你

我相信我的爱情早已融进血液里

可是我不明白，谁能够说明白

我心底倾泻的爱情

该去哪里追随你

时间淡忘了这一切，我该向谁问为什么？

没有人能告诉我该怎么做

可是这一切都变了，究竟该怎么挽留呢？

擦干泪才知道

这一切或许是种错觉

2015 年 8 月 14 日

结　局

假意的都是虚伪，残忍的全是现实

谁能够唤醒天真的自己

找回从前的样子

微笑的未必诚实，哭泣的也许懂事

为什么要说出那些伤心的话

不顾一切地坚持

不愿意，最后只剩下自己

剩下一段距离，好多话无法说起

我怀疑，当初是否真爱过

想到许多快乐，带给我太多值得

不相信，你说一切都在骗自己

这爱情，到底是去了哪里

我的未来，不该就这样

结局

2015 年 8 月 15 日

不说挽留

我花光了整个青春去爱你
而你终于还是选择离开
你走时，我没说一句
挽留你的话
可我知道，我仍然爱你
只是，燃烧的青春
把执着烧成了灰烬

2015年8月18日夜

世界的距离

有时你好远，像天上的星星

似乎就在头顶，可始终无法触及

有时你又好近，叫我自己都无法相信

只一转身，就能吻得到你

你的远近，决定着我

和世界的距离

2015年8月20日夜

爱在秋天

树叶落了，果实熟了

秋天，真叫人很难捉摸

她究竟是收获的时间

还是遗落的季节

用整片青春播种的爱情

在这个秋天，会有什么结果

谁成了爱情里的收获

谁又在爱情里被割舍

我们最终会怎样

真的很难捉摸

2015年9月5日夜

幸福很简单

秋天的清晨有些凉

好在还有些阳光

从树的身影后挤出来

扑在我身上

我听见了激烈的争吵声

汽车狂躁的叫喊也从远处传来

人们都说，是为了幸福

而挣扎着活，却忽略了

早就放在手心的小幸福

其实幸福很简单

就好像，微凉的秋意里

一缕意想不到的阳光

2015 年 9 月 16 日清晨

流　浪

前生哪还会有人知道

我只知道在此生之中

我流浪在安静里

前方的路还有多远

我并不在意

我只在意走过的路上

有没有我喜欢的风景

风光流进我的眼睛

飘摇的蒲公英

落在我的手心，融化成记忆

我和许多人说过

别过于急促了脚下的路

好好看风景

那么风景也会欣赏你

可惜，这些没人会听

他们只相信

沸腾的青春要燃烧时光

却不在意轻轻掠过的

人生的养分

流浪

不过是去往心之所及的方向

又何必贪恋远方

2016年2月10日

陷　落

你是一场浩劫，芬芳成灾
如同春天灭绝了整片冬天
每一个毛孔里都盛放着玫瑰
这场浩劫，是我输给你的
你来了，我会疼
疼得叫不出声来，却也不怨你
你带来的已经够多了
我不需要再改变什么
除了爱你，我也没有什么能力了
我所有的器官都变得温柔了
你来的时候我疼过
若你如今走了，我会比你来时更痛苦
我知道你不忍心
反正人是要死的，一束玫瑰怎么够
我只能答应你一件事
当大海煮沸了月亮
那我们就分手

2016年2月14日

再见，时光

你独自走在昏黄的灯光下

留意着一页页翻动的光影

才发现自己没能力

跋涉在回去的路上

捡起遗落的时光

迷茫是要不得的，也不要躲藏

我只想看清你流泪时的模样

不要把一切都藏在心里

还偷偷地装作坚强

回忆那么长，别去想

我看见你的泪光里闪烁的梦

你的孤独一场接着一场

从这个月夜到下个天亮

再到更远更深的夜里去

我不想你一个人流浪远方

请把我也带上

作别此前的一切

包括

时光

2016年2月23日

神秘女子

街道里闪烁着温暖的光

一瞬间就已照亮整个夜晚

风吹起发梢的那一瞬间

就好像千年的梦转眼醒来

谁说这一切都像是早已安排好的

无意间的邂逅总是一种求之不得的期待

黑夜般的眼睛，看尽所有黎明

春天的风吹进你心里

星星般的眼睛，看尽所有黎明

沐浴你呼吸的时候

请你告诉我，你的名字

相遇在彼此未知的世界

一擦肩足够燃起整片未来

飘散着迷人花香的女孩

是一场浩劫陷落所有情怀

你眼中闪烁着全都是妩媚羞涩的爱

轻弹的嘴唇呢喃起你和我的前世今生

黑夜般的眼睛，看尽所有黎明

春天的风吹进你心里

星星般的眼睛，看尽所有黎明

沐浴你呼吸的时候

请你告诉我，你的名字

2016年3月10日

遇　蝶

它来了，落在我的头发上

我并没什么准备

可能还迟钝地认为

它在从前的时光里

痛苦地织蛹，秋雨里

仍然坚持着苦闷的轮回

我曾觉得所有美艳的惊喜

都与我无关，这个早春

暖阳还没叫醒哀伤的风景

它似乎不觉得

残留的寒风有多冷

它承受着生命的重量破茧而出

风里，雨里，阳光里，来去沉浮

似乎一切与它无关

有翅膀就足够了

翅膀里有花香，有四季的暖光

这是它的信仰

当秋天咬死了它，只要翅膀还在

就足以承担生命的重量

2016 年 3 月 28 日

附：

　　某天早上，朋友偶遇一只蝴蝶落在头发上，惊喜中心有所感，应朋友邀请，写这首诗用来记录当天的经历。

听 我 说

相比大海的无边辽阔

我对你的爱

真的渺小了很多

不过

我已决心把剩下的空白填满

就算是一捧沙

也是我对你爱的补偿

有人问我什么是快乐

从前我不愿回答

但现在

我可以告诉所有人

快乐

就是有你在我身边

好啦，快牵着我的手

就这样慢慢走下去

慢慢变老

前面的天涯海角

有我给你的

海枯石烂的诺言

2016 年 4 月

附：

2016 年 4 月，应朋友邀请，为其婚纱照配诗，遂作此篇。

相　信

从寂寞到繁华，原来只是一瞬间的事

一瞬间，我的梦想成真

一瞬间，我的黑夜变成了清晨

一瞬间，干枯的心原上草色青青

一瞬间，我从繁华市井落进了滚滚红尘

此刻，我应该相信了

相信你是我

向无数颗滑落的流星许过的心愿

相信你是我

路过的遍地桃花中指尖碰过的一朵

相信你是

苍茫月色里翩翩而来的温暖

相信你是

我痴醉在人间的唯一缘由

我喜欢这样的陪伴

看着你轻染胭脂，慢挑腮红

你的唇角微扬，就足可以让我

醉死在你的酒窝中

如今，万顷江山已不重要

任你随意给我一个天涯

我便同你一起浪迹远方

2016 年 4 月

附：

　　2016 年 4 月，应朋友邀请，为其结婚照配诗，遂作

此篇。

念 屈 原

香飘角黍，悠悠千古

已不见你坚强的身影

云淡风轻，不见涟漪

谁记得你热血的温度

菖蒲治不了忧国的病

雄黄杀不死害国之心

你不信天命，偏靠你自己

举起一腔报国的忠心

砸向汨罗江水，渴望将世人泼醒

却终留遗恨和沸腾的灵魂

在天地间千万年地盘旋

长剑斩断了缭绕的愁绪

风骨凿出了未来的坦途

两千多年前的叹息

如今谁还能够想起

再向谁发问也只剩猜测而已

唯你知道后人祭你的意义

可我们又该如何向你证明

江水永远推你在我们前头

任江风再怎么强劲

龙舟再怎么飞渡

也终究追不上你

江水是你沸腾的血液

历史是你生命的延续

排桨翻浪，响起的

是你传唱千年的《离骚》

云卷日月，腾起的

是你万古不朽的身躯

让我们年复一年地

惦念着你那份，家国的忧郁

2016年6月9日（端午节）

寂寞的人爱上自言自语

已经不记得

是从什么时候开始的了

我觉得自己

是游离在这世界之外的

看着烟雨催生了爱情的花朵

又听着夜风卷荡起红尘乱过

我不习惯和旁人

描述这些光景

说了也不会有人懂得

我似乎觉得，我的爱人

就依偎在我的耳侧

仿佛心里的话她都能听到

我不想忘掉说话的本能

因此，我常和自己说起

印象中，未来的事情

你知道吗

我扛下所有的寂寞

夜里，捧起整个世界

只是为了能够找到你

来点亮我的生活

我知道你的腼腆

我知道你此刻

正羞涩地对我笑着

你说这人间太纷繁了

该如何才能遇到我

啊，傻丫头

我们现在不就在一起吗

即使相隔一场梦

又能如何呢

我们不还是匆匆忙忙地

赶到彼此的心里堕落

你感受着我的痛

我品尝着你的苦

你说给我的话，我全都记得

寂寞的人爱上自言自语

自言自语让人忘掉寂寞

2016 年 6 月 13 日夜

满 月

红尘一路，终无归途

我本孤身来客，不问世事繁芜

奈何满月

偏偏向我挑衅愁思

我纵有三万里剑气

又怎比你这

千年的凉意

2016年9月15日夜

农历八月十五

浮　生

浮生本来轻似梦

风雨中苦练绝技

赢得了刀光剑影

却终究胜不了红尘纷扰

到头来

看穿恩怨情仇，厌倦尘世飘摇

从此江湖隐退，不问俗世烦恼

浮生若梦，忽然清醒

寂寞高手，再无高招

2016 年 9 月 21 日夜

新的一天

黑夜累积成黎明又沉淀成黑夜，

轮回成的圆，碾碎了时间，

眼睛看到的都是欺骗

新的一天

雨还在酝酿

太阳还在燃烧

我们什么都不会少

2016年10月21日

人　生

人生很简单

无非是迎接清晨

经历风雨，等待黄昏

可生命如轻舟

毫无承载力

只两个字的重量

就足以不堪负担

2016年1月9日傍晚

来　生

若来生可选，我愿做你一颗心

不必天涯海角痴痴苦寻

便可一生一世相守相依

随你与生俱来，同你一起死去

2016年4月25日

匆　匆

一场梦在一阵风里

匆匆忙忙

一个人坠入一颗心

摔成忧伤

一辈子从此又丢掉了

几分之几

一轮月如今又掉落了

几许时光

2016年5月26日夜

等

等一树花开

比等一个人的爱

更加温暖，更加实在

这世上，美丽的花

多过理想的爱，只要你肯等

她一定会开

2016年7月26日夜

月 亮 船

月亮船又停在了

谁的窗前，锈死的船锚

锁住了谁的心间

我和你都看得见

远天摇曳的月亮船，却永远

看不穿，这深沉的夜

看不清，彼此的脸

2016 年 8 月 20 日夜

秋　夜

寒夜清清，凉月凛凛

秋，本来就容易入心

却偏偏犹似古潭之水

清净了世界

不得已

看清了闲愁

2016年9月28日夜

十一月的风

终究还是来了，以杀手的身份
剑已出鞘，不染血，不收招
黄昏被杀死在南迁的雁背上
夜变得越来越凉
三千里剑气血染层林
滴落的叶子，淹没了月光

2016年11月2日夜

无 情

梦魂萦绕，人生萧萧

梦一场风流的前世

走一遭繁华的今宵

千帆过尽，清波微摇

洗清零落的相思，缱绻文字

缠绵情痴，都已随风远逝

2016年11月28日凌晨

关　于（组诗）

关于爱情

爱情是一场赌博

赌对了，赢一生

赌错了，输一生

也许有些人会突然

放弃下注

可输掉的青春

谁能给补？

关于相思

都将红豆比相思

却哪知红豆有毒

思之太深则伤神

念之太久则无眠

疼痛之深，入骨三分

相思本是空，生灭皆有法

不执念，方得永生自在

关于觉悟

关于觉悟

大概就是

对不起

我不该忘记自己

而去思念你

…………

关于寂寞

喜欢一个人顶起一把伞的烟雨

喜欢风拂垂柳一人独望暖月的时光

喜欢一湾小溪潺潺流过的宁静

喜欢一人把盏独坐云海深处的琼山

喜欢的寂寞这么多

却忘了最寂寞的是沙漠

结果我们还是始终逃不过

红尘烟波

我　想

我想
做一个安静的诗者
一个灵魂的诵诗人
嘴里说的都是
愈合创伤的咒语

我想
眼睛里流淌的
都是柔软的句子
从此再没有
悲伤的眼泪

我想
做一个隐士
高山云海，逍遥自在
在梦里
我妄想过许多事
如今我醒了

一直走在路上

哪还有什么妄想

2016年12月26日夜

我爱沈阳

我爱晨风里婆娑的树影

和麻雀欢乐的啁啾

也爱穿行在马路上

赶时间的人群

我爱午后平静的时光

和阳光里懒散的猫咪

也爱轻声细语里

那一串串迷人的乡音

我爱一片清雅如墨的浑河暮色

和牵手漫步在黄昏里的情侣

也爱那两代帝王留下来的

历史沧桑，雕栏玉砌

我爱凉纱似的月色

和遥遥繁星的闪烁

也爱那传说里的二龙

对弈遗落的棋盘

…………

我的眼里，全是你的好

让我怎么也说不完

我爱你，不为别的

只因为你是沈阳

有你的一切都是美好

只因为有你的地方

才是温暖，才是家

2016年12月30日晨

等你，在时光的路口

我的北方，四季分明
如你，喜怒哀乐的情绪
我几乎每天都在感觉你
如风，不经意地来临
该怎么才能和你交流心情
我不会弹琴，更没有
动听的歌声
我只能写上这几行文字
也不知算不算是首情诗
我不知道你的地址
也不知你的名字
邮递，已经是无法
选择的方式
要我亲手交给你
却又不知你什么时候来取
也只好这样了
我站在时光的路口
等风，等你

晚 安

晚安，亲爱的世界

月弯弯，荡我入寐

我知道满天的星

都在我身旁眨眼

所以，我会很安稳地睡去

不害怕深夜里的鬼魅

也不怕梦里没有色彩

一夜的星辉，簌簌地

飘落到大地的每个角落

当我醒来时，已堆成了

温暖的黎明

2017 年 1 月 11 日夜

已经不在了

我是个不争气的子孙

即将而立之年

却仍是孑然一身

我每一刻都想着

是姥姥把我从小带大

以后我要好好孝顺她

带她去想去的地方

听她讲从前的故事

和她一辈子

也改不了的河北话

可如今

姥姥已经不在了

我们娘俩

连人生中的最后一面

都没能见上，您留给我的

是多么大的遗憾啊！

在她八十七岁的年纪上

写满了多少对我的牵挂

我却总是轻易地相信

那长命百岁的祝愿是真的

可是啊

姥姥已经不在了

走进姥姥的房间

总是能清晰地感觉到

她在床上盘着腿抽烟

一遍又一遍码着扑克

还记得前不久

我来看她，她说：

"我现在呀，就放心不下你"

可如今您的外孙

刚刚有了些成就

您却怎么忽然就离开了

您还没享受到哪怕

一天我给您的福啊

窗外飘着雪花

我的悲伤停不下

可是啊

姥姥已经不在了

不在了

……………

侥 幸

——怀念姥姥

直到花儿凋零的一刹那
我才真的懂得了珍惜
知道你不会永远地活着
知道你就像这花朵
会悄悄落去
岁月，终归是要变的
可人却总是有
用不完的侥幸
于是，每次花落
我总有理由期待着
下一次的花开，正如你
每一次的想念和
期盼我停留片刻的陪伴
总是被我轻轻地推迟了
每推迟一步，你的心
就多了一处伤痕
你的爱比我的年龄还深

抹平了疼痛，不让人察觉

我的侥幸总比你的伤口还多

一次次撕裂着你的挂念

如今花儿又添新绿

你却终于被这一道道

伤口疼死

直到你离去的一刹那

我才真的懂得了珍惜

知道了即使是新开的花

也不再是从前那朵

我终于懂了，可你却走了

现在又想起那些

我留给你的等待

倒在心里沉甸甸的

一片又一片拼凑成的

是冷冰冰的

悔恨

2017年2月8日

附：

　　在姥姥的孙辈中，我和姥姥最有缘分，从小，我是姥姥一手带大的。听说，她只带大了我这么一个孙辈。或许是因为心疼妈妈，她这个唯一的女儿，才把这份爱，继而给了我。

　　还记得小时候一到寒暑假，我就从沈阳赶去锦州，住在姥姥那儿，而每当开学时，我总是哭着走的，因为不想离开她。姥姥是河北人，说话是河北调，我喜欢听姥姥的河北调，总觉得别人不如姥姥说得好听。

　　从来没想过，我和姥姥的缘分，就那么突然地在2017年1月17日这天断了。我原本打算那一两天，忙完手头的工作就去看她，然而这一错过，就是生死相隔。

　　再快的车，也跑不过死亡，我们祖孙俩到最后也还是没能再见一面。我的人生中就这样多了一次遗憾，一个永远也无法弥补的遗憾。

供奉爱情

本是上天恩赐的礼物，却被自顾自地汲取

吸干了痴情，被贪婪的物欲消磨殆尽

别怪我不愿触摸爱情

怪只怪这时代

人们不问深情几多

只重金钱玉帛

让纯净的爱情蒙上了灰

曾经为爱，宁舍江山万里

而今却成了笑话

于是，我在爱情殿堂里燃起青灯

每日焚香供奉，只祈祷着

爱情能得以回归，原来的模样

2017年2月15日

春　雪

我以为爱情早已经不在了
却看到了春天和冬天的相遇
所有的情话都孕育着雪花
悄悄地生长在春风里

2017 年 2 月 22 日

珍　惜

我们活在了

死去的人奢望着的未来

一生太短，浪费的青春

会堆积成暮年的泪水

日子，是上苍赐给的

最珍贵的礼物

许多精彩一去不返

所以，善待一切吧

睁开眼，感谢暖阳

闭上眼，感恩月光

2017年3月30日夜

念

经常阻碍你的不是苦难

而是你用错方向的执念

三千大千世界

想要成佛，必先历经磨难

尝过了如何的苦

才知道怎样的甜

2017 年 4 月 20 日

执 着

对人生，对梦
我以为我是执着的
我以为这执着
是通往永生的捷径
深夜关上灯，恍悟
从白天到黑夜再到白天
星星，它永远亮着

2017年3月22日夜

一夜的时间

一夜的时间，又短又长

一切都可以发生

又可能，不够完成一次懵懂的回想

想起那年朝夕相伴的兄弟

我们推杯换盏，道尽闲愁

畅想过的未来里，有万里江山

想起曾经日思夜想的姑娘

那些曾尽染我整个青春的爱情

却为什么在我极爱的时刻

用迷人的芬芳，毒害了我的灵魂

一整个黑夜碾碎了四月

许多遗落的时光，变成星星

2017 年 4 月 30 日夜

悟

欲参悟人生之平静

先要领略世间诸事之繁芜

日子总要匆忙一些

才不辜负繁花盛开的青春

从风尘里来去沉浮

自泥泞中挣扎着挺起脊骨

2017 年 5 月 18 日

洒　脱

我们常常在现实中忙忙碌碌
为了生存放弃对梦想的追逐
梦与现实的界限其实很模糊
不过是一念之间匆匆的来路
本可以轻而易举地舍身奔赴
却被蹉跎的生活沉重地束缚
于是忘记了怎样去选择归途
在麻木的规则之中盲目踱步
青山替我们绵延着万千思绪
大海为我们沸腾着青春繁芜
洒脱不意味不可饶恕的逃避
而是为了更清晰地认清归宿

2017 年 6 月 3 日

做好一场梦

我从来不在乎什么大富大贵
我可以放下所有，却始终放不下
心里那个诗意的远方
她还离我很远，隔着许许多多
忙忙碌碌、大汗淋漓的日子
我每时每刻都在想着那个梦
对于我来说，她太美了
梦这个字，说起来太虚幻
可那虚幻的远方却是真实的
街道上，大厦里
每个人都背负着沉重的梦想忙忙碌碌
也许表面上只是为了生计
其实他们最初，也都是为了
那个看似不切实际的梦
只不过他们之中的有些人
会慢慢被生活的艰难从梦中唤醒
为了减轻负担而放弃逐梦前行
我不敢说我有多坚定

我只想趁着年轻好好地梦一场

一场好梦，不意味着毫无所得

而是当醒来的那一刻

发现一切不再是梦

那曾经遥不可及的

诗意出现在眼前

2017年6月9日

影　子

影子是我在这世上最痴情的情人

她从不曾离开我

哪怕在失魂落魄的夜晚

她也会默默躲在黑暗里

陪我消磨时光

她说喜欢我在清晨散步的样子

喜欢我用手指梳理着每一寸阳光

她说那阳光里

有你，有我

有永恒

2017年6月10日

我不知道人性

——看一则微博后感

到底什么才是最真的真实

是遥远传说里的善良诚实

还是如今许多笑脸里

酝酿的重重心思

任我的眼神再怎么深邃

也无法洞穿这尘世的迷雾

身旁的人，谁是值得我相信的

我又该如何判断？

我不知道答案

揣度一个人太难

索性我就孤独地上路，骗自己说

人们的好坏尽量与我无关

我的精力只够我做好自己

其他我也难以顾及

我不知道人性

到底在什么时候含在嘴里

才不会觉得那么辛酸苦涩

秋 心

窗外是逗留在早春的皑皑飞雪

落在春的地心里

融化成柔软的水滴

早春虽凉，但雪已不再残酷

我本以为你也会以春心待我

却哪知你在我心上栽满了晚秋的惆怅

柔腻的红尘蜿蜒若水

荡开了一波又一波情伤

一片叶子染红了夕阳

去晕染我生命里无穷的思量

你从不会给我一丝希望，因此

就算是秋天我也无法收获你的爱情

窗外是春暖阳光

心上长满了你栽的秋凉

2014 年 3 月 4 日

2017 年 7 月 4 日修改

最宁静的时候

在深夜里

关掉电视，关掉灯

关掉一切可以发声的东西

躺在床上，调整呼吸

当我们融化在黑暗里的眼睛

再次清晰了周围的事物

当我们听得见

寂静的声音的时候

才是我们的心

最宁静的时候

2017年7月27日夜

星　星

我们总是彼此惦念

却又极少相见

我们总是偶然对视

却又都害羞地移开了视线

再回头，已不知哪一束闪光

才是你的双眸，我知道

你常常流下渴求的泪水

却被太多人浸满了

沉甸甸的心愿

星星，总是在我们

睡着的时候醒来

照看着我们遥远的梦

陪伴着一颗颗

孤单的心

2017 年 8 月 5 日

立 秋

是否意味着走向尽头

仿佛一夜间

与天地的情感破裂

云雨已不再执着温柔

连风都成了暴力的深渊

开始捉摸不透

以后的每一场风雨

都将在一切热情的躯体上

洒遍凉意，现在

我听见蝉在痛苦地呻吟

叶子在树的怀里享受着

最后一段时光

我们是否还记得

当初见到新绿时的欣喜

而如今一切都将慢慢衰去

你的心还是以前的心吗

假如我像秋叶一样枯萎的时候

你是否还会如初见我时一样

用心留恋地捧起我

包裹我的哀愁

2017 年 8 月 7 日

秋 念

八月十五的夜晚

不见了九月的余温

那轮月仍在拼命地圆满

万家灯火点燃了团圆的热情

而她，竟还在酝酿着

凛冽的凉，让秋风吹黄叶子

吹动离人的思恋

吹起对逝去亲人的怀念

和永不再见的哀伤

2017年10月4日

附：

　　今日中秋，夜晚晴好，朗月当空，甚为明亮。于车窗里仰望满月，在这团圆的日子，忽然想起姥姥。月有阴晴圆缺，虽是如此，但她始终有圆满之期，即使拖延之期日久，仍可有所期待，不至于使人遗憾。而人之悲欢离合，在时光的流逝中慢慢消磨，待你忽然醒悟，亲人却早已与你永别，令人抱憾终生。

我看见了一切

今天我看见了一切

我看见了熬得通红的眼睛

看见了滑过肌肤的

冰冷的刀片和准备撒在伤口的盐

许多人等着我发达的泪腺决堤

哪知我的肌肤圆滑得割不出血来

你无法用手术的方式改造我

就费力地深掘坟墓骗我去睡

我是从一场浩劫中轻松地走来

我本就生活在坟墓中

又何必踏入你精心的安排

今天我看见了一切

看见了我独行的影子

回来牵我的手

看见了远方鬼魅的太阳

煮沸的未来

2017年11月7日

别了，乡愁

——悼念余光中先生

如今

还何所谓乡愁

亲人的泪眼

成了停泊的渡口

邮票没了投递的方向

母亲已不在遥远的那头

是离去更是归途

下一站是黄泉的滩头

有母亲在的地方就是江南

那里纵然没有潇潇烟雨

却是你灵魂的归宿

于是你便

从这个故乡到那个故乡

留我们在你的诗句里

痛苦地回眸

2017年12月15日夜

醒着的星

深夜，万籁俱寂

城市睡着了，轻风

摇曳灯影，在老树的

枯枝间，洒落一地斑驳

白日里流浪的孩子

爱听这夜里宁静的声音

此时并不孤独

天上眨着眼睛

认真听的，是醒着的星

2018年2月8日夜

跋

守一份孤独的诗情

文 / 篁竹瑾

诗是一片超自然的世界，那里的太阳可以煮沸大海，人们可以蹚着晚钟的沉郁下山，我可以是影子，在水里倒映出我自己。活在诗里，无论做多么过分的事都算不上是过分。

我喜欢诗，更喜欢陶醉在诗里，诗可以使人从肉体及灵魂完全陶醉。真正的好诗，读来会让人忘掉一切，每一句诗都像是充满了魔力的咒语，在你不经意间的吟唱下，发挥着让人难以想象的力量。每次读诗到高潮，整个人就好像飘了起来，像风徐徐而来，忽又成了片片悬落的秋叶，轻坠到一个陌生的空间里，似乎失去了时间的概念，甚至是超脱了物质欲念，让人倍感轻松、愉悦。

我是个安静的人，不怎么会玩，也不喜欢玩。我喜欢看风景，喜欢静静地欣赏湖光山色，喜欢清清淡淡的花香，喜欢一个人坐在阳光里幻想着美好的未来，深夜里孤独地披着月光，偶尔随意地记下一两句小诗，朗读心爱的散文里，那些深有感触的句子。

生活里总会有些琐琐碎碎的情感，常在月夜的寂静清冷里，觉着婉约而缠绵，也只有在夜深时才听得见如涟漪般的呼唤，隐隐地催动着笔尖，去摇曳纷繁的烟火人间。

我非常迷恋那种秋风扫黄叶，寒月照孤影的寂寞，我的诗里或许真的透着那样一种忧郁和愁绪，但这并不代表着我心里真的这样忧愁。

我似乎是个怪胎，喜欢收集忧愁，收集寂寞，甚至有意地让自己渐渐地产生了隐士之心，去追求寂寞高手的心境。这种世外离愁，的确深深地影响着我的诗文。

曾经年少，倒也颇具闲愁，此时回想，尽是自寻烦恼。如今我活得倒是自在洒脱，不求功名利禄，不图富贵荣华，只想着清清静静、潇潇洒洒地了此一生。

世间诸事，纷乱迷离，可到头来也只不过是缭绕云烟，稍纵即逝。既然一切终会零落成泥，何不从此看淡，来去洒然？

我不愿与人争高低，我只愿携残笔一支，去草木深沉处，离尘隐世闲云中。

我愿像那武侠，于寂寞孤风里，长棍劈残叶，单刀破乱风。

活在自己的诗里，爱恨情仇，潇洒余生。

平生之愿，守一份诗情，终此一生。

2016年10月3日